AF305764

LE
NAIN.

*Non ego cuncta meis amplecti verfibus
    opto.
Non, mihi fi linguæ centum fint,
    oraque centum,
Ferrea vox . . . . . .*
VIRG. Georg. II.

A MAGHEROEL.

M. DCC. LXII.

BAVARDAGE
DE L'EDITEUR.

CET Ouvrage m'a été envoyé par l'Auteur, qui est, à ce qu'il me mande, l'aîné d'un très - grand nombre de freres tous aussi *nains* que lui.

Quelques perquisitions que j'aye faites pour savoir son nom & son origine, je n'ai rien découvert, si ce n'est qu'ils sont tous des rejettons de la famille de

Grandjean le Protonotai-
re, qui fut le plus petit
des *nains* ou des foux à la
Cour des Rois *François I*
& *Henri II*, & qu’ils peuvent bien être de la bran-
che des trente-quatre *nains*
qui fervoient, il y a deux
cents ans, le Cardinal de
Vitelli à Rome : c’eft tout
ce que j’en puis conjec-
turer.

Quoi qu’il en foit, ce
très-petit Auteur peut fe
glorifier d’avoir une nom-
breufe parenté, de laquelle

il semble cependant n'a-
vouer que ses freres : j'en
ignore la raison.

Sa qualité de *Petit fou*,
très-bien placée au bas de
son manuscrit, est un ga-
rant de sa modestie, & de
son peu de prétention dans
les Lettres.

Si le Public (comme il
s'en explique) applaudit à
son Ouvrage, il s'en rit,
& lui en donnera un
second. Si au contraire
l'ouvrage ennuie , il s'en
rit encore , & en don-

nera un troifieme, &c.
Que dire à cela?... Que
c'eft un *Nain.*

LE NAIN.

Néanmoins on a beau-
coup provigné dans notre famille, & nous n'en sommes pas
plus grands pour cela. Mon ca-
det n'a pas deux pieds de haut ;
non, deux pieds : je ne crois pas
que mes autres freres ayent davantage ; tous nos parens font
à-peu-près de cette taille.

Nous avons été si empreffés
de voir ce monde fans pair, que
l'on s'en aperçoit à notre con-
formation. Au refte nous vi-

A iv

vons, c'est l'essentiel aujour-
d'hui. Je vis & je ris ; car il faut
rire : c'est, je crois, le seul bien
liquide que l'extrême équité des
humains m'ait adjugé, si ce n'est
un autre bien-fonds aussi solide,
(celui de penser) dont je n'ai
encore rien touché : ne puis-je
pas m'en passer ? Je vois des
hommes grands de quatre
pieds, de six même, qui en
usent aussi sagement que moi,
qui vivent cependant, & très-
bien. On dit que les grands *pen-
seurs* digerent peu, ont des
vapeurs, ennuient souvent les
autres, vivent mal, & s'en re-
tournent à-peu-près comme
ils étoient venus. Quand le

paquet n'eſt pas proportionné à la longueur du voyage, il faut le mettre bas en chemin.

Tout ce monde-ci, & ce qu'on y fait, me paroît n'être que la navette du Tiſſerand : chaque tour, un fil de plus & rien de différent. Et vous ne voulez pas que j'en rie? C'eſt cependant ma conſtitution, mon être. Nous autres *racour cis*, on ne nous permet de vivre qu'à cette condition. On nous trouve trop petits pour figurer avec la grande eſpece : je ne m'en ſens pas plus à plaindre ; c'eſt déjà une marque de diſ- tinction. Ce n'eſt pas tout : on nous choiſit pour jetter une idée de luxe (& c'eſt un point capital) ſur tout ce qui environne un grand individu *. Un *Nain* n'eſt pas fait pour appartenir a un *vilain*.

On fait plus : on nous laiſſe le ſoin des uſages, des *modes*; on nous conſulte même : appellez-vous cela des *miſeres* ? C'eſt ſouvent le point le plus important pour un Etat, comme l'a déjà judicieuſement remarqué un de mes freres... Laiſſez-moi donc rire, car me voilà dans la politique. Ce n'eſt pas tout encore : on nous prend pour Médecins de l'ame, ... beau

* Chez les Romains il n'étoit permis qu'à l'Empereur d'en avoir.

& très-beau privilége ! Je n'en connois point de plus étendu. Vous riez ! .. oui, de l'ame ; votre rire eſt un commencement de preuve de ce que j'avance. Si nous étions capables de *penſer*, on ne nous ſouffriroit pas. On ne donne point *l'Emétique* avec le potage. Nous ne ſommes appelés que dans les cas de plénitude, à-peu-près comme certains maris, c'eſtà-dire lorſque l'ame eſt abſorbée dans des idées creuſes, triſtes & accablantes : alors, moi qui ne connois point la cauſe de l'effet, je ſuis plus en état de remédier au mal ; & c'eſt là le fin de l'art.

Je ne fais que me montrer ; on eſt toujours diſpoſé à me voir, à m'entendre ; le viſage prend un air ſerein ; le front ſe déride ; les yeux ſe rapetiſſent : effet de la joie dont l'ame eſt auſſi-tôt ſaiſie, & qui porte dans toutes les parties du *con-triſté* les marques d'un ſoulagement ſubit. Que cela eſt plaiſant ! *Turelure tanta* ... le croiriez-vous ? Les chagrins, l'humeur, les vertiges, les vapeurs, tout ſe diſſipe à notre aſpect : & cela parce que les amis *grands* meſurent notre jugement au pied & au pouce, & qu'ils concluent que deux pieds, par exemple, ne peuvent produire

que telle quantité de bon sens,
en raison de la hauteur & largeur. De là, il est clair que la
nature, en nous refusant la fa-
culté pensante, nous a aban-
donné la seule liberté de la langue & des mâchoires ; & l'on
prend un singulier plaisir à voir
jouer en nous cette mécanique.
A la bonne heure : *turelure tanta.* Aussi en usons nous à discrétion, ou sans discrétion, comme vous voudrez. Pour moi,
je m'en donne outre mesure ;
il faut que je parle ou que
je rie, & personne ne pré-
tend s'en scandaliser ; ce seroit
se rabaisser à mon niveau : or
on n'aime, avec complaisance,

à diminuer que sa taille , ses mules , ou des mémoires de frais. Je ne me suis jamais formalisé de voir un *Petit-Maître* ridicule ; un Panégyriste menteur ; un faux brave hargneux ; un Procureur avide ; une jolie femme avec de l'humeur : on ne s'étonnera pas non plus que je parle comme ma langue le veut, selon que ses ressorts la meuvent, ou selon que mes yeux & les différens objets la gouvernent : je ris de même.

Lorsque les objets me manquent, ou que la mémoire ne me fournit rien, je mets mon bonnet (car j'en ai un) sur mon pied ; je l'agite çà & là ; je ris,

je lui parle ; il m'infpire : il
devient pour moi , dans ce
moment, homme, bête, fem-
me , marionette , enfant , pa-
pillon , fénateur , pincette ,
château, colifichet , médecin,
cocu , fapajou , dévot , orto-
lan … il eft tout ce que la nature veut , car elle eft ma mere ;
je la refpecte comme telle, puif-
qu'elle ne m'a point fait affez
grand pout être Orateur , Ami-
ral , Cafuifte , Valet-de-pied ,
Médecin, Laquais de femme ,
Maréchal , Chimifte , Ecuyer ,
Théologien, Echanfon, &c. car
tous ces Meffieurs font nommés
grands , & moi *très-petit.*

Où en étois-je enfin ? Je me
fuis égaré parmi toutes ces

hautes tailles. Au reste peu m'importe ; je *bavarde* comme *Nain*, sans conséquence : je ne fais point d'éloge, ni d'oraison funebre ; ainsi mes phrases n'ont pas besoin d'être enfilées.

Toujours est-il certain qu'il faut que je parle, bien ou mal : si vous ne voulez pas m'entendre, vous êtes libre ; mais alors j'écrirai . . . ô la plaisante idée ! J'écrirai : mais qu'écrire ? Eh bien ! Mon bonnet me le dira ; en faut-il davantage ? En fait-on plus aujourd'hui ? Je serai à l'u-*niſſon* des hommes *grands*.

Je ne pense, ni ne consulte : ainsi les idées me pourſuivront en foule. J'écrirai ; mes freres

en feront autant : la ferme du
papier augmentera : on m'im-
primera : on me copiera : on
me défendra : on me suppri-
mera (comme un fou que je
suis, parmi des hommes *grands*,
& des *grands* hommes) : &
tout cela triple profit pour la
ferme & l'Etat.

Voilà trop d'avantages réu-
nis ; allons donc ; point de
tems perdu. Je ne compte pas
les Commentateurs , les *Eplu-*
cheurs , les Raisonneurs , les . . .
&c. qui viendront faire la petite
reprise . . . . encore à glaner
pour la ferme.

Courage , le mieux du monde , me voila établi , mon bon-

net fur mon pied . . . *turelure-tantalara*, ma plume à la main, ou la main à ma plume . . . . Il me vient une idée (celle-ci je la prends au paſſage) : ſi je faiſois des projets, des réformes même ? Admirable ! Il y a là de quoi faire une fortune plus rapide que celle de *Flamel.* Je me fens aſſez de capacité ; exécutera qui pourra. Au reſte chaque tems a ſa routine : on porte aujourd'hui les chapeaux très-petits, parce que la pluie tombe plus droit qu'il y a quinze ans.

Réformons donc, la lune même, ſi elle ſe rencontre ſur mon bonnet.

Pourquoi lui laisse-t-on des taches si long-tems du même côté ? Il y a là à travailler de tête. Pourquoi, dans nos jours de *gala*, ne se montre t'elle pas dans tout son appareil le plus éclatant ? Pourquoi ces négligences de sa part, puisqu'il est solidement prouvé qu'elle est faite uniquement pour nous ? Bon, j'ai bien commencé ; mais ici l'Auteur s'embarrasse : il faut un correctif à tous ces inconvéniens ; où le trouver ? Eh, mais . . . j'attendrai qu'on ait fait d'assez grands verres pour pouvoir m'assurer des choses de plus près : en attendant, je parlerai toujours de la lune, les chiens y aboient bien....

Continuons de prendre les idées au paſſage, & comme elles voudront ſe préſenter ; car autrement la forme emporteroit le fond. Je pardonne de vendre la limaille d'or, mais non les pelures d'oignon. Suivant l'uſage des Auteurs *grands*, je vais mettre mes penſées, c'eſt-à-dire tous les mots poſſibles, ſur des cartes ; je les faſſerai dans mon bonnet, & la premiere venue commencera mon recueil : ainſi de ſuite. Saſſons donc. Mon bonnet m'inſpirera la réforme à faire ; *Turelure tantalara.*

En verité, mes bons amis

grands, j'ai autant de plaisir à
m'entretenir ainſi, ſeul, avec
ma petite compagnie, dont je
réponds, que vous avec la *très-
bonne*... Commençons.

ALLUMETTE.

Bon ! Le mot eſt ſimple ; &
mon bonnet me donne l'idée
d'une nouvelle fabrique *d'Allu-
mettes* qui ne ſeroient ſouffrées
que par un bout, conſidération
d'œconomie & de propreté,
puiſque c'eſt remédier à l'in-
convénient qu'il y a à ſe ſalir les
doigts en prenant une *allumette*
par le bout qui a déjà ſervi.

Il eſt vrai qu'il y aura moi-

tié de perte pour l'acheteur ;
mais je ne ſaurois qu'y faire :
c'eſt du moins une *réforme*, une
invention, & une *manufacture*
de plus. En ce cas, on les vendra
plus cher à cauſe de l'expédient ; ou moins cher à cauſe
de la perte de moitié… tout
comme on voudra : je ſuis néanmoins l'inventeur, *Turelure
tantalara* ; la main au bonnet.

ESCALIER.

L ES *eſcaliers* que l'on appelle
dérobés ne ſont deſtinés qu'à
l'uſage du maître ou de la maî-
treſſe de la maiſon, & pour
leur ſervice particulier. Comme

on ne s'en sert que pour abréger le chemin, dans des cas pressans, je voudrois qu'ils ne fussent jamais frottés, mais qu'au contraire on eût soin d'y répandre & d'y entretenir toujours de la sciure de bois, pour éviter les chutes fréquentes, & souvent trop rudes, que peuvent faire les ascendans ou descendans (sur-tout lorsqu'il est nuit) : chutes capables de troubler le repos du reste de la maison ; ce que j'ai vu maintes fois arriver, & dont je n'ai rien dit, parce que je suis trop petit. Passons à un autre.

NAVETTE.

Rıen de fi joli que cet outil !
Il ajoute à l'activité & à la fi-
neffe des doigts de rofe ; mais
un beau bras s'éxerce fans ceffe
par des mouvemens qui dé-
ployent fes graces , tandis que
l'autre eft prefque immobile ,
& femble reprocher à fon
dextrè fon oifiveté. Or , pour
réformer cet abus , & fes fuites
dangereufes , je fuis d'avis que
les *Navettes* ayent déformais
deux pieds de long , au moins ;
la largeur à proportion.

J'entends déjà rire nos femmes (je n'en fuis pas faché ; les
belles

belles dents font plaisir à voir),
& demander si on veut les affommer par ce fardeau. Affommer ? Non . . . & je réponds
congrument à ce mot *affommer.*
Mais je dis : on se met peu en
peine des airs, quand on est
feul : on ne fait donc bien des
nœuds qu'en compagnie. Or,
quel est l'homme, je ne dis pas
galant, mais qui voit le monde,
qui ne se fera pas un plaisir de
contribuer à cet ouvrage, & de
facrifier les airs avantageux de
tourner, retourner inutilement
un chapeau d'une main dans
une autre, ou d'ébarber un
plumet, au plaisir utile de
tourner avec élégance ma gran-

de *navette*, tandis que deux jolies mains feront occupées de leur côté à tourner le fil ou la foie ? Si nous formons les nœuds, c'est à ce fexe charmant à les ferrer. Cet enchaînement mutuel d'occupation, entre deux, vaut (je le crois du moins, moi très-petit) autant & plus que fiffler, médire, balbutier, déraifonner, s'ennuyer, &c....
Turelure tantalara,

VENT.

Si j'avois l'autorité en main, je défendrois l'ufage des couf-fins ou carreaux de plumes, tels qu'on en met aujourd'hui fur

les fophas, fultanes, bergeres,
chaifes longues, &c. Je connois
une infinité de perfonnes qui
en ont fouffert. La plume ve-
nant à s'affaiffer lorfqu'on s'ap-
puie deffus, il en réfulte des
vents très-nuifibles, & qui oc-
cafionnent des bâillemens fouvent très-dangereux. *Turelure
tantalara.*

ROUGE.

O L E joli mot, & la jolie chofe! Ils réveillent mon imagina-
tion. Sexe couleur de rofe, &
& même de lis, je vais m'é-
puifer fur vos joues, & ce, fans
conféquence. L'invention du

rouge eſt trop admirable, pour n'être pas perfectionnée : c'eſt la poudre des graces, qui donne la jeuneſſe, la ſanté, le ton, l'aſſurance..... je ne finirois pas. Mais je ne puis m'empêcher de plaindre la peine que l'on eſt forcé de prendre, chaque jour, pour remettre de nouveau *rouge ;* en trouver de pareil au dernier ; & pardeſſus tout cela, le chagrin de voir ce beau travail gâté, ſouvent au milieu de la journée, par le plus léger accident : car il en peut arriver.... ſans compter les grandes chaleurs, les mouvemens de joie, de colere, &c. Or, mon projet, ſur ce ſujet, feroit la fortune à plus d'un *Rougisseur.*

Il ne s'agit que d'user du même expédient dont on se servoit en Asie, pour faire des marques durables sur la peau : on y gravoit toutes sortes de caractères & de figures, en piquant avec des aiguilles le dessein qu'on y avoit tracé : on mêloit ensuite du noir au sang qui sortoit de ces piquures ; la croûte qui s'y formoit étant tombée, il en résultoit un dessein bleu, d'autant plus inaltérable, qu'il se trouvoit faire corps avec la peau. De même ici ; je prends une jolie paire de joues ; je vous les pique *dex-*

trement, jufques aux frontieres
qui doivent terminer ces pom-
mes d'amour : le fang fort ; &
au lieu de noir j'y mêle du
rouge , mais du plus beau.
L'opération achevée , c'eft un
rouge immuable , inaltérable ,
enfin c'eft le pere des graces
viageres. *Turelure tantalara.* La
main au bonnet.

F O I N.

ON commence à fe familiari-
fer avec l'œconomie , & je
trouve (moi très-petit) qu'on
a raifon. On a découvert que
la paille hachée fait une bonne
nourriture pour les chevaux ,

& qu'elle ménage le *foin* : bonne
matiere à réforme ! On nourrit
souvent chez foi, très - abon-
damment, une certaine quantité de bouches auxquelles il me
fembleroit plus à propos de ré-
ferver la paille hachée, & d'ac-
corder le *foin* aux chevaux,
qui rendent un fervice réel,
fans inconvéniens, & même
avec reconnoiffance. Par ce
moyen je vois les mémoires de
Monfieur le Maître fe raccour-
cir d'un pied, & la caiffe de
Monfeigneur augmenter d'une
toife, en raifon inverfe. *Ture-*
lure tantalara.

TALON.

Oh, mes amis les sensés, quel bon mot m'arrive! Quelle foule de *talons*! Talons de bois, talons de cuir, talons de buis, talons de liége, talons qui haussent ou font petit, talons de revue, talons plats, talons ronds, les gros talons, talons à la capucine, à la dévote, talons décens, talons rouges, talons ... talons tant que vous voudrez. En bref, je ne trouve rien de mieux imaginé que cette multitude de talons; mais je veux que chaque état ait les siens : qu'il ne soit pas per-

mis, par exemple, à la femme d'un Procureur, qui n'eft
pas faite pour s'élever, de fe
caffer la pointe des pieds, à
l'*inftar* d'une femme de qualité, en fe hauffant d'un demi-
pied, pour mieux perdre fon
équilibre. Mais je confens que
nos Demoifelles *de la complai-*
fance augmentent les leurs de
trois pouces, fi elles s'en fentent
le courage ; leur état fingique
femble les y autorifer.

Je veux encore qu'un très-
joli homme, de la *très - bonne*
compagnie, ait des talons de
liége, de coton, très-bas, très-
plats ; & même qu'il n'en porte point du tout, pour pouvoir

marcher , sinon plus solidement, du moins plus affirma-
tivement, & d'un plus grand
air.

Pour nos anciens amis de la
vieille cour , qu'ils les portent
de huit pouces de haut, & d'a-
cier poli.

CUISINE.

Me voici donc devenu Ar-
chitecte, avec beaucoup d'occupation ; car je réforme pres-
que toutes les *cuisines* , & je les
transporte au grenier : alors on
ne sera plus rassasié d'avance en
entrant dans une vaste maison ,
dans la cour de laquelle on

trouve fouvent pour premier
point de vue une *cuifine* ; toujours une *cuifine*, fource d'at-
traits invincibles pour les pa-
rafites & les gourmands qui
vont s'y précautionner d'une
notice exacte du *menu*, avant
d'aller faluer le Maître. Autre
avantage : les femmes agréa-
bles, trempées d'odeurs déli-
cieufes, ne fe plaindront plus
qu'en entrant dans leur appar-
tement, on eft fuffoqué par
l'odeur de *coulis*, d'*ail*, & de
lard rouffi (car vous le favez,
mes amis, la fumée monte plus
qu'elle ne defcend).

Un avantage encore bien
réel, c'eft qu'une infinité d'hon-

nêtes gens n'ayant que peu ou point de pain , & habitans humbles du quatrieme étage, ne mangeront plus ce peu de pain à la fumée infultante d'une trentaine de ragoûts deftinés fouvent à un feul eftomac qui ne digere plus , pour avoir voulu digérer trop , & qui juge de la bonté de ces mêts exquis par leur prix couché fur de longs mémoires, & fur-tout par leur extrême rareté qu'on a foin d'y porter en note. *Ture-lure tanta . . .*

VIELLE.

Laissez-moi rire, puisqu'il est question de musique. Mon bonnet me fait passer de la table au concert. Réformons donc. Je tolere la *vielle* entre les mains de quelques hommes ; mais je la bannis absolument de l'amusement de nos Dames. J'ai vu (moi très-petit) un grand nombre d'entre elles attaquées de *vapeurs* très-fortes, que j'ai lieu d'attribuer à l'usage de cet instrument. Cette rotation perpétuelle en mouvemens irréguliers (on ne s'en doute pas toujours) produit fans doute dans le fang une irrégularité qui devient bientôt le principe caché de toutes ces défaillances , langueurs , évanouiffemens, laffitudes . . . &c. que l'on nomme *vapeurs.* D'ailleurs en portant le fang plus vivement dans la belle main qui agit le plus , elle en ternit les lis , & à la fuite du tems lui donne trop d'embonpoint. . .

MOUSTACHE.

Autre envie de rire ! Parler fur la mouftache, c'eft être bien avifé ; mais mon bonnet & l'ufage veulent que je réforme.

Une grande partie des troupes porte des *mouſtaches*, ſans
doute pour conſerver un reſte
de l'air martial qu'avoient nos
Peres. En effet un militaire,
ſans barbe, peut bien reſſem-
bler à un ſoldat des *aides*. Mais
cet uſage eſt parvenu juſques
à nos cochers de conſéquence ;
ce qui me chagrine pour les
troupes dont je viens de parler, car je ſuis juſte. Je vois
qu'il eſt néceſſaire que je remé-
die à cet abus.

Je veux donc que tel per-
ſonnage grave & important,
qui veut s'annoncer par des
marques éclatantes & propres
à faire naître une haute idée

de lui , puiſſe donner à ſon cocher des *mouſtaches* d'une toiſe de long , ſans les enroule-mens , crochets , *&c.* qu'il y ajoute même des mouches , ainſi qu'à Polichinelle , puiſ-que la deſtination de l'un & de l'autre eſt de faire peur aux enfans , & de faire rire mes freres. Je conſens auſſi qu'on choiſiſſe ce cocher d'une taille énorme : il n'y a de bon à mon-trer que ce qui eſt ſingulier ; & d'ailleurs la vue la plus baſſe ne peut prétexter légitimement de ne pas l'appercevoir. De plus , le maître qu'il conduit y perdra ſouvent moins pour être à l'a-bri derriere ce monſtrueux para-vent.

vent. Mais il faut que les *mouf-taches* de ce gros *Phaëton* foient faites de crins de couleurs affor-ties aux livrées de l'homme con-fidérable qu'il annonce. C'eft peut-être la feule chofe qui manque à l'uniformité des équi-pages charmans de nos hommes *grands. Turelure tanta.*

Le fexe connoiffeur qui femble s'intéreffer vivement à cette marque de virilité dans les co-chers, engagera nos jeunes gens à porter du moins des *mouftaches* couleur de rofe, ou de telle autre couleur ap-prouvée de leurs Dames.

Turelure tantalara. La main au bonnet.

D

TABAC.

T ᴀɴᴛ que vous voudrez ...
oui, d'accord. Il diſſipe, fournit des idées, eſt ſain, éclaircit
la vue, ſert de contenance : à
merveille. Et moi je le réforme
abſolument à l'égard de nos
Dames. J'en ai vu arriver (moi
très-petit) des accidens trop
impatientans. Une femme
prend du *tabac* de la meilleure
grace du monde ; la main
arondie, les doigts déliés, à
peine elle y touche ; elle ne
prend pas même la moitié de
la priſe ; le reſte tombe droit,
tombe de plus en plus, tombe

encore ... enfin je dis qu'à tous égàrds, *tantalara*, il doit leur être interdit.

La main au bonnet.

CORNES.

Mon bonnet eſt plaiſant, pourtant, de me ſervir ces *cornes* : car je ne les prends point comme *cornes* de bœuf, de chevre ou de bouc, &c ; mais j'entends ces *cornes* imaginaires que l'on ſuppoſe germer au *tou-pet* de quelques maris trop com-plaiſans. *Turelure tanta.*

Je ne puis m'en taire ; quoi-que ce ne ſoit que peu de choſe quand on le ſait, & rien quand on l'ignore, je ne trouve point plaifant que beaucoup d'honnêtes gens qui ne font point dans le cas (car enfin il y en a), mais que l'on foupçonne d'y être, à qui on *les* fait, à qui on *les* montre, fe trouvent confondus dans la mêlée ... Il y a là certainement réforme à faire, pour la confcience des uns, & la tranquillité des autres. Or mon projet eft d'en faire porter à tous les hommes indiftinctement, c'eft-à-dire (car je m'explique, moi très-petit) je veux que les hommes mariés ayent pour ornement de tête deux petites *cornes* d'ivoire de la groffeur d'une olive,

placées fur les bords du *toupet*,
à *l'inſtar* des *cornes* de rubans
que les femmes portent (ſym-
bole de lumiere chez les Anciens).

Cet ornement une fois à la
mode, termine le différend,
étouffe l'incertitude , raſſure
les eſprits, & n'eſt plus qu'un
ſigne qui diſtingue l'homme
marié d'avec celui qui ne l'eſt
pas. Ce dernier avantage a des
ſuites admirables & bien d'autres encore . . .

PAIN.

OH que je me garderai bien
de réformer ſur ce mot, moi

très-petit, tandis que des hommes *grands* se font mis à l'alembic pour découvrir des substances propres à nous faire du pain, au défaut de froment, dont ils suppofent que nous manquons ! Je ne voyois que des bras pour réformer cette prétendue difette ; mais un Miniftre, admirable citoyen, & dont l'œil eft *alerte* pour le bien de tous, avoit vu ce moyen avant moi, & même avant ces Meffieurs chercheurs de pain où il y en a : auffi fa recette * fur cet article l'emporte fur toute autre, puifque nos voifins en murmurent ; mais *Turelure tantalara.*

* Les bureaux d'Agriculture.

CHIFFONIERE.

Mot très-joli, meuble très-utile : je le répete, très-utile ; mais sur lequel il faut que je réforme, parce que l'usage qu'on en fait ne remplit pas entierement l'objet de l'inventeur. On dépense beaucoup pour faire *ébéniftrer* ce meuble charmant ; mais pourquoi ? Pour y jetter au hazard des brouillons, des adreffes, des billets de complimens, de cérémonies, de créanciers, des lettres de *congédiés*, des *placets* de malheureux, de vieilles quittances, des lettres de Pro-

vince , des remercîmens de
protégés , des invitations de
vieilles femmes , des . . . que
fais-je , moi très-petit ? Enfin
la *chiffonniere* se trouve pleine;
au lieu qu'étant divisée en
beaucoup plus de cases , on
trouveroit encore place pour
y *gîter* une infinité de madri-
gaux , de discours à des *Grands*,
de tragédies comiques , de pré-
faces , d'observations , d'essais ,
de réfléxions , de poëmes , &c.
&c. il y auroit toujours assez
de place pour ces morceaux ,
& la *chiffonniere* se trouveroit
garnie d'un peu de tout , ne
fût-ce que pour la satisfaction
de la savoir garnie : car je sens
bien

bien que chaque femaine on
brûle une partie de ces papiers
pour faire place à ceux qui fur-
viennent . . . *Turelure tantalara.*

COURTISANE.

Vous voyez bien, mes bons
amis fenfés, que ce mot eft
impropre, qu'il ne fauroit fub-
fifter à caufe de fon équivoque,
& qu'il faut que je differte
grammaticalement (oh quel
mot!) ; car enfin ce mot *courtifane*, qui dans notre langue
défigne, poliment, une femme
publique, ne vient-il pas de
courtifer? Or, il eft démontré

que ce ne font point les *courti-*
fanes qui *courtifent* le plus. Il
faut convenir, à votre honte,
(je le crois du moins, moi
très-petit) que vous faites les
deux tiers du chemin : d'ailleurs
on ne leve point boutique,
quand on ne compte point fur
des acheteurs. Pourquoi donc
les appeler *courtifanes* ? Autre abus : le mot *courtifan*
femble fignifier le mari d'une
courtifane , & cependant les
courtifans (proprement dits)
font très-différens des *courti-*
fanes , quoique finguliers dans
leur efpece.

Je fubftitue donc , au mot

de *courtisane* , celui de *cour-*
tisée , puisqu'en effet elles sont
aujourd'hui plus *courtisées* qu'-
elles ne courtisent. *Turelure*
tanta.

BAIN.

CEPENDANT je suis pour
les *bains* froids , & je vois que
les anciens ont pensé comme
moi très-petit. Les Indiens ,
Pythagore, les Grecs , les Afri-
cains , les Romains , Auguste ,
Horace , Séneque , &c. voici de
grands personnages. Eh bien ,
ils ne se baignoient qu'à l'eau
froide , & s'en trouvoient bien.
L'eau froide porte la chaleur

& la vie par-tout. Je réforme donc tous ces bains modernes, dont l'eau eſt toujours trop chaude pour opérer les cures que je prétends faire.

J'établis auprès de chaque fontaine publique une pompe qui porte l'eau juſques ſur le toît : là ſe trouve un *réſervoir*, d'où elle ſort enſuite par un gros robinet que conduit une main intelligente. *Turelure tanta.*

Il eſt aiſé de concevoir le bien que doit faire une eau verſée de ſi haut , & juſqu'à quel point elle peut donner ou rapeler la force , la chaleur , *&c.*

ſi néceſſaires à tant de citoyens, en reſtant ſous ce jet un eſpace de tems proportionné au dé-gré du mal ou à ſon ancien-neté.

Pour plus d'ordre, il y au-roit au bas du mur une table *raiſonnée* du nombre des heu-res & quarts - d'heures de *bain* convenable à chaque *affligé*.

Par exemple : pour tel Poëte tragique, cinq heures. Pour un faiſeur d'odes, *idem*. Pour tel ſexagénaire marié depuis peu, ſix heures. Pour tel Peintre d'hiſtoire, huit heures. Pour tel Avocat, quatre heures. Pour tel Comédien, huit heures.

Pour … je n'aurois jamais fait. Ceci n'eſt qu'un *proſpectus* léger de mon projet.

On établiroit un droit de *bain*, à tant pour tant d'heures ; le produit duquel droit fourniroit aux frais de mes *bains* qui me ſemblent devenir, de jour en jour, d'une extrême néceſſité, & devoir l'emporter ſur tous les autres. *Turelure tantalara.*

A Ï.

Mot à réformer, ou plutôt à ſupprimer de notre langue, parce qu'il n'a de force qu'autant qu'on le répete pluſieurs fois, comme lorſqu'on dit ſubitement, aï, aï, aï, aï, ou lentement, aï, aï.

Il faut qu'il ne ſoit pas du beau langage , car je ne me ſouviens point de l'avoir enten-du prononcer quatre fois par nos femmes de la *bonne com-pagnie.* Or les femmes font les deux tiers du genre humain, & la pluralité doit me décider. D'ailleurs je fais la guerre aux mots inutiles. *Tu, elure tanta-lara.*

———————————

FLACON.

C A R l'abus de certains uſages eſt nuiſible : ſi l'on y penſoit ſé-rieuſement , que d'accidens on éviteroit !

Dans les cas de défaillance ,
de vapeurs , de syncope , de
léthargie , *&c* , une ancienne
habitude fait qu'auffitôt on tire
de la poche un *flacon* rempli
d'eau *fpiritueufe* , d'efprit vola-
til , de fel , enfin de ce qu'il y
a de plus actif & de plus péné-
trant , pour rappeler à la vie
le moribond. Qu'arrive-t-il ? Il
reprend fes fens peu-à-peu ;
mais la fuite de cette réfurrec-
tion eft qu'il lui refte fouvent
un mal de tête affreux , effet
de la liqueur *fpiritueufe* qui , en
bleffant ce qu'elle pénetre , y
laiffe toujours une portion
d'elle - même , indépendam-

ment de celle qui s'échappe.

N'est-il pas plus court d'avoir tout prêts dans sa mémoire quelques vers tragiques *foudroyans, étincelans*, à pouvoir réciter aussitôt au malade ? Des éclairs d'odes, d'héroïdes, *&c?* Il ne les entendra point, me dirat-on : erreur. Ces sortes de salpêtres réveillent les plus endormis ; vous ne risquez pas du moins que l'instant d'après il en reste le moindre vestige au cerveau ; & la charge d'un *flacon* dans la poche devient inutile. *Turelure tanta.*

PANTOUFLES.

EN effet vous avez raison, mon bonnet, *Turelure tanta.* Il convient que les *pantoufles* d'homme ayent une doublure qui puisse s'enlever chaque fois qu'on les quitte, parce que je me suis apperçu (moi très-petit) qu'elles peuvent être chauffées par d'autres, sans qu'il y paroisse ; & qu'il est chagrinant, impatientant, du moins je le crois, d'appliquer ses pieds, à vif, sur la trace de ceux qu'on ne connoît point, on souvent très-peu. *Turelure tantalara.*

ENTRE-MÊTS.

Si, moi, très-petit, j'avois imaginé ce mot, on n'eût pas manqué de dire : c'eſt l'ouvrage d'un *Nain*. Mais ſans diſcuter ſi mes amis *grands* ont raiſon ou tort, je réforme le mot, vû la conſéquence dont il eſt ; & je veux que le rôti s'appelle *entre-mêts*, parce que ce mot indique ſa place. Le reſte ſe nommera tout comme l'on voudra : l'Académie en décide-ra, ſans doute, après mûre réflexion. *Turelure tanta.*

BONNET.

Fort bien ! Vous ne vous oubliez pas ; mais il y a tant de réforme à faire sur les bonnets, sans celles que l'on fait chaque jour, que je les renvoie à une autre occasiont, *turelure tanta-lara* ; & je remets le mien, car on a servi.